倾听缪斯的絮语·中国当代唯美诗歌精选

韩少君　高长梅　主编

时间松开了手

李南　著

九 州 出 版 社
JIUZHOUPRESS　全国百佳图书出版单位

图书在版编目（CIP）数据

时间松开了手 / 李南著. -- 北京：九州出版社，2014.3
（2021.7 重印）

（倾听缪斯的絮语：中国当代唯美诗歌精选 / 韩少君，
高长梅主编）

ISBN 978-7-5108-2774-7

Ⅰ.①时…　Ⅱ.①李…　Ⅲ.①诗集－中国－当代
Ⅳ.①I227

中国版本图书馆CIP数据核字（2014）第041894号

时间松开了手

作　　者　李　南　著
出版发行　九州出版社
地　　址　北京市西城区阜外大街甲35号（100037）
发行电话　（010）68992190/2/3/5/6
网　　址　www.jiuzhoupress.com
电子信箱　jiuzhou@jiuzhoupress.com
印　　刷　北京一鑫印务有限责任公司
开　　本　720毫米×1000毫米　16开
印　　张　9.5
字　　数　109千字
版　　次　2014年4月第1版
印　　次　2021年7月第5次印刷
书　　号　ISBN 978-7-5108-2774-7
定　　价　32.00元

前 言

诗歌之美源于自由：心灵的自由，精神的自由。

作为和时代同步的诗人，他们有着敏感的内心，用灵动、柔软、圆润、晶莹的内心亲近生命，感受光明，传递善良。诗歌写作，毫无疑问就是诗人内心的独白。写生命的开始和消亡，写河流，写大地，写一草一木，写细小的生命所散发的温暖。

诗人实际上是用作品还原事物的本真和他们内心的脆弱。

诗人大解似乎要通过诗歌表达忏悔和矛盾，确认人生在世，乃至宇宙中所处的位置。他精神向上，姿态低垂。他热爱拥有的东西，感恩生命、亲人，近距离触摸大自然。他一直叩问，不断追求灵魂的自我解脱之道，他是真诚的，也是谦卑的，他在用自身的体验对世界进行深度的观察和理解。

他的诗，在阅读上没有难度，不设障碍，但也从不缺少智性的留白，他像个耐心的工匠，从自己的角度向世界提出问题，每个人得到的启示不一定相同，答案却自留在了世界运转的法则中。

在当下的女性诗歌写作群落里，诗人李南有着自己独特的声音。这声音仿佛暗夜里的光，有温暖而悲凉的双重听觉，更有直入心灵的力量，这力量来源于她目光的向下和心灵的向上。

李南的诗歌充满温情的力量。从世俗熔炉提炼出来的优雅，感伤背景中掩饰的痛楚，形成了她个人特色的冷峻诗风，在描述现实生活的同时又不局限于现实，相对完整地把人生经验和艺术体验呈现于她的创作之中。

卢卫平对词语具有的尖锐而深刻的呈现能力，他从不回避眼前的现实生活，并从中提取真质而凝重的精神意向。他在诗中开辟了自己对观念的呈现和提升的特殊途径，赋予普通事物以诗意化的时代符号。卢卫平的诗作，对观念的确立和诗意阐释，体现出了他所具有的特殊力量的创造性思维和深入精神本质的超常潜能。

经历了多年的沉寂之后，韩文戈带来了一批沉郁的充满中年情怀的诗篇。一种更为谨慎的态度成全了他作品的厚度。

当生活经验与生命体验融合为一，韩文戈的诗穿越时间和空间，超越疼痛与隐忍，展示了一个成熟诗人对世事的感悟，其稳健的诗风也使得他的作品具有了经典意义。

琳子的诗直面现实，本真、质朴，有着鲜明的女性特征和觉醒意识。她善于通过简单的物象来体现人世的大爱大美，尤其是在表达母性和女性意识上，充满理性客观的思考。她还是那种善于在生死这个永恒的主题上发现美、抒写美的诗人。

起于浮华，超乎事态，韩少君的诗歌更具先锋性，他说他从事的是一项在场的叙述性工作，他的诗歌有广阔而深沉的背景，语言简洁，收放自如。韩少君善于从日常经验、个体的生命意识出发，寻找日常生活中的诗意和反动，在经验的世界之上感受另一种生命的真实。现实赋予了他诗歌的力量，也让他在这种力量中感受到自身的强大。他的很多诗篇充盈着批判的人文精神，在这种批判和看似无序之中，我们看到的是一个更纯粹、更可信赖的诗人。

王久辛一向保持着自尊与自强的诗人倨傲的人生态度，他或"以诗进入历史，出入战争"，"写得大气磅礴，狂放不羁，洋溢着浓烈的民族感情和人间正气"（诗人获首届"鲁迅文学奖"时高洪波语）；或借事言怀，借史明义，借景抒情，"表达诗人壮烈的人道情怀和悲悯意识"。王久辛更是一位在艺术探索上颇为精进的诗人，试图追求一种在艺术上经得起时代检验的诗歌语言，"追求语言的最大内蕴与张力，建构诗歌独特的审美空间，追寻意象的魅惑力"（文学博士谭旭东语）。

此外，张庆岭诗的成稳，高非子诗的清隽，90后代表苏笑嫣诗的青春活泼都各具特色，都值得读者的关注。

我们的工作是将这些作品呈现出来，希望给人以启迪，从而引发深深的思考。

目 录

第一辑　行程中的温暖

第二辑　那双黑眼睛

目录

第一辑

行程中的温暖

呼 唤

在一个繁花闪现的早晨,我听见

不远处一个清脆的童声

他喊——"妈妈!"

几个行路的女人,和我一样

微笑着回过头来

她们都认为这声鲜嫩的呼唤

与自己有关

这是青草呼唤春天的时候

孩子,如果你的呼唤没有回答

就把我眼中的灯盏取走

把我心中的温暖也取走

和我在一起

不要亮出你的权柄

不要向我通报你的官职

令人厌倦的谈话

不如小桥流水有趣。

把车开到半山腰吧！

和我一起望一望田野,村落

第一道曙光如何升起……

你也不必打探我的身世

这悲凉的记忆不应该留在你心底。

看美妙的晨雾在飘浮、在变形

将那不朽的一切重新命名。

十一行诗

祈求美在变化中更美

祈求书中的文字、网络爱情

不可靠的种种奇迹。

尘土和悲哀,曾经是

我的生活

现在,它们不是。

现在我喜爱落日凄迷时

怀着平和与沉静

透过模糊的泪水

来看远处一列列

站起的山峰。

在广阔的世界上

在广阔的世界上，我想

万物是一致的。

禽兽、树林、沉寂的旷野

要呼吸，要变化

在悄悄之中发生……

星宿有它的缄默，岩石有自己的悲伤

要倾诉、要流泪

还要披上时空的风霜。

我爱黯淡的生活

我爱黯淡的生活，一个个

忙碌又庸常的清晨

有时是风和日丽，有时是大雪纷飞

我爱庸常中涌出的

一阵阵浓荫。

这些美妙的遐想

常让我在人群中停住脚步

看一看缭乱的世事

想一想

闪光的夜晚

眼看着玫瑰……

眼看着玫瑰的干枝,在你枕边

耗尽了水分。妈妈

你曾经润泽的脸

在病榻上转暗、转暗。

妈妈,我是多么的惧怕!

你抛下我们,独自转身

奔赴另一个地方……

你的慈爱

长久地隐蔽在叶片之间

你的沧桑

却是我无法追赶的星阵

妈妈,你一生都在做一件事情——

让我们弯曲的道路

变直。

羞愧

我羞愧是因为分辨不出

二月和三月,泪水掉进酒杯的味道

是因为我每天吃神赐的米和蔬菜

却不如一棵香蜂草更有用

苍鹭斜斜地插进水面

天空长满银刺,幻觉将我和生活分开

羞愧啊!面对古老黑暗的国土

我本该像杜鹃一样啼血……

再有一年,我就活过了曼德尔施塔姆

却没有获得那蓬勃的力量!

灵魂需要蜜喂养

灵魂需要蜜喂养——

野花和丁香树——不如你的话语。

穷人只有斑鸠,寡妇只有小钱

四月——飘浮着柳絮……

我们一举起酒杯,就喝下了悔恨

音乐——代替了沉默

带上世界地图——到蜂箱跟前、到海滩边

——灵魂需要蜜喂养。

瓦蓝瓦蓝的天空

那天河北平原的城市，出现了

瓦蓝瓦蓝的天空。

那天我和亲爱的，谈起了青海故乡

德令哈的天空和锦绣，一直一直

都是这样。

有时我想起她，有时又将她遗忘

想起她时我的心儿就微微疼痛

那天空的瓦蓝，就像思念的伤疤

让我茫然中时时惊慌

忘记她时我就踅身走进黯淡的生活

忙碌地爱着一切，一任巴音河的流水

在远处日夜喧响。

我的诗只写给……

水仙——多么骄傲！蝴蝶——多么自信！

远山的沉默让人类羞愧。

我的诗只写给亲人、挚友、同道

和早年的恋人。

他们沿着文字穿行

总能把红艳艳的果实找出。

有时他们也发出疑惑：

天呐！一道彩虹怎么能让人昏迷？

更多时候，他们深信诗歌描述的就是

张开翅膀却飞不到的地方。

学习

方法论不管用,而辩证法

无法修正一个诗人的悖论。

我认识的事物太少

芨芨草的枯荣。海底飞鱼的秘密。

雪峰照耀着一张恸哭的脸

和她衣襟下隐藏的强大力量。

爱也有它的艺术。我学习——

找到一个词的词根

挖掘、一刻不停地挖掘

直到那口泉眼枯竭……

直到晨露洗净我身体里的哀伤

时间,将分娩出另一个我。

每年春天

每年的春天

花和花不一样，梦和梦不一样

每年的春天

我都要走向回廊的长椅

大雁呼啸而过，时间在奔跑

心爱的人也日渐变老

唉！每年都这样——

我总是抓不住永恒

眼看着灿烂的年代暗自锈蚀

眼看着蒲草、流云和更远的楼兰

在天边消失。

行程中的温暖

车站、汽灯,涌动着昏暗的人群

滚滚朝前。

北国乡镇的小站

黄昏的天幕下,它再次点亮灯火

呵,这点点滴滴的温暖

都发生在异乡:

你。爱的金窟。神秘的黄花

我这些不敢吐露的心病

几千里几万里

它们一直一直地

潜伏在我的脚步中、行程里

都在保佑着我

顺利地

到达终点。

变化

车过和平路，原先熟悉的工厂

我已经认不出它来。

只有那两棵榆树

指向天空的方向，没有变。

我也变了很多——被多少人忘记

但那颗古朴善意的心也还没变。

活着

没有梦想的水源　只有

回不去的家乡

没有爱。只有闪光的片断

疾病与贫寒,潦草的一日三餐

这么多年

他们总算都挨过了。

我惊诧于这些硬朗的生命

现在我也注定在这中间

但这原本不是我——

而是大多数人民

和田野里的蒿草一样

普遍而不值钱。

唐古拉山

我们祖国的风景已经够美：

在宣传画册中、在纪录片里。

千里草原

遍地是被驯服的牦牛、被阉割的马群。

你游历过黄河和长江。

你知道时间与地理的战役。

——在唐古拉山：

只有天空胆敢放肆地蓝

只有卓玛才能唱出祖传的歌词。

带着你的爱

多好啊！今天早晨三只麻雀

落在我家的窗台。

我听不懂它们的方言

滇西话或者是粤语。

可我认出了它们的幸福

真实简单的幸福

抬起它们的翅膀,带动它们的脚

阳光,铺洒在它们周围

有一点点奢侈

从远方到远方,带着你的爱

我孤零零地上下班。

坦白

亲爱的姐妹

若即若离的距离

记忆中的脸　被时间

切割

迷雾茫茫

你认不出我

亲爱的姐妹

你看到的　不是我

我对你隐瞒了

我的路　和我的想

像果对花　也像

心对眼睛

今天我走出房门

田野有安静的麦苗——睡着

马路上一辆辆汽车——永远向前

我曾经退缩到生活的角落

胆怯地关上房门。

多么愚蠢啊！不如灰鹤勇敢

更不如飘荡在风中的草根。

我不了解人世间太多的哀伤——

比低音的歌儿更沉重。

今天我走出房门，把淡忘的想起：

青草的味儿和阳光一片

今天我仔细地俯下身去——凝视那些

在一次次绝望后又抬起的眼睛。

时间松开了手

故 乡

我常常羡慕他们,用手指指

遥远的方向

说,那是故乡

我没有故乡,梦中一马平川

绕过一棵棵树

独自来到蓝色大海的另一端

哦,青山作证

我也有沉重的乡愁

当世界沉沉睡去,我的故乡

在说也说不出的地方。

漫步林间

有多少这样的黄昏，我漫步

和着杨树和柳树的沙沙声。

你也是一样，见过

夕阳没落时的盛典。

"沉下去了"……

每一次，我都要喃喃低语

面对着未知与无限

说出我对世界的

怀疑，和惦念。

谁的手编织着花篮

谁的手编织着怎样的花篮？

什么样的飞鸟，它的羽毛最美？

哪一颗恒星不与大地交汇？

为什么一滴水是你心中的一片汪洋？

唉，短命的小蜜蜂哦

你这是急着赶往哪里？

年轻的时候，我叽叽喳喳

爱倾诉也爱聆听。

当岁月把这些美丽又好奇的疑问

运送到了远方

我见到过一些沧海桑田。我想

耐心地等到这个年龄

就是为了让沉静的话语

向着心里走啊，走。

短暂的……

栀子开花是短暂的

它的香气弥漫着,向着广大无边。

远方战争与和平是短暂的

人们将打造武器,不断不断地。

潦草的婚姻是短暂的

他性欲的沟壑却是永恒的。

雨后倾斜的彩虹是短暂的

它的美——刺破了万里碧空!

你一闪而过的悲伤也是短暂的

但悲伤投下的影子是细长、细长的。

放下

牧师啊,请你把圣水滴到我心里

而不是头顶。

我抬头,连上空的云彩也发着光

眼泪曾是不幸的姊妹

今天我看清了——我的天空晴朗

我的路,在前面等着我

是的,我会变得越来越轻

放下沉重的身体和一切思想

化作没有姓名的水滴。

我在街上低着头走路

阿门!

正像许多人也低着头走路。

漂泊

这些日子

我越走离家越远

一路上,我遇到那么多

男人、女人和小孩

没有一个像我的家人

风有时刮米

轻轻掀动我的衣角

太阳正在落下去

我喜欢这样的意境

做着还乡的梦

不紧不慢地生活

谁也不知道,我那些

低低地诉说

正随风而去

谁也不知道

我将走得比现在更远

再美的地方,也留不住我

迎风

在侧面,我看不清她的脸

只觉得在草原上骑马

风声呼啸而过

高楼伸出的手臂,卖菜人

在街头发出的叹息

都在迎着风。

迎着风,露天里的人和事

他们当中

一部分被人风折断

另一部分

迎风前进。

沉默是一个人的事

沉默,我深信

只和对面漆黑的窗口

对称。

海水摇动,不能带走它

金甸子山坡也不能。

这是他一个人的事情

是哮喘病,也是他的并蒂莲。

不像地面越长越高的

白杨树

也不像情侣的话语

越说越稠密。

大路尽头

几朵小花和

无数个长睡的灵魂

等候在大路尽头，

它们颤动、摇曳

呼唤着我们——

生命旅程的跋涉者

算我在内，低头赶路的人

青春闪回，说着向亲人的

告别辞。

请相信时间吧！

它赐予我们的一切

也终将沿途收回

在大路尽头

在我们厌倦一切的时候。

小

小的枝丫、萌发小的心愿

小的嘴唇、吐出小的诺言

小啊，让我在月光下

垂下肩膀。

天宇的飞翔中，恒星是小的

恒星的旋转中，人群是小的

人类的步伐下，有更小的

蝼蚁、芝麻、尘埃……

小啊！常常让我羞赧和悲戚

面对着大

我没了别的想法。

激情

有多少时日，我不再独自出门

带上一两本书

穿过花草掩映的山坡

或者铁轨尽头的城市。

我不再祈祷什么，永恒、幸福、欢乐

这些沾满理想的词句

被昨夜的一场大风

轻轻地拿去。

如今，我得到了命运的馈赠——

衰老和沧桑。

生活啊，我终于平静了。

时间松开了手
Shijiansong Kaileshou

我来探望你——青春！

你走了,消逝在我肉眼看不见的星光

新世纪的铁门

在你身后砰然响起。

曾经为这最后的告别

我把一杯白酒举过头顶——

这么些年,我在庸常的日子里苦苦挣扎

而你却在我记忆深处

沉睡、沉睡。

选一年中最好的一天,经过秋天允许

几只知更鸟争着带路……

我没有别的礼物给你

只有一束青草,时间擦伤的脸庞

连同那句古老而又家常的祝福。

我来探望你了——从前让我心旌鼓荡的、

如今被岁月废黜的青春!

第二辑

那双黑眼睛

我倾慕

我倾慕蜜蜂对花蕊的亲近

牛羊吃草时的

安详。

倾慕那对情侣逛超市

各付各的账单

更倾慕枪口下英雄

对剜了手的微笑

（那真叫酷毙）——

我倾慕生活的这个年代

理想和爱站在了

不同层面。

春 歌

你收下过多少矫情的歌与诗

鸟儿欢唱——宽宥了人类，

特快专递——枝头的第一朵花！

你的温暖向上，也向下漫延

不漏过一棵草，一片叶

也不漏过河岸东边早熟少年的嗓音。

我也想真心地把你赞颂，可是痛苦

像木楔钉进我的身体。

如画江山开始柔软起来

缪斯女神缝制着镶金边的桂冠

你突然撞开门，将我这半病的人

高高举起。

遗忘

我全忘记了。

那些好的、坏的、不好不坏的……

佛经里的善。安达露西亚。白杨树下。

小嘴唇的姑娘

和她唱过的歌。

我只记得眼前的：

树叶在落。石家庄街头的公交车。

马路边的修车人

和他一双皴裂的大手。

全忘了。我全都忘记了。

那些枝枝叶叶和那些磕磕绊绊

那辜负你的人，或者

你曾经辜负过的那人。

世纪公园散步

姐妹们散步，停停走走

路边灯火摇摇曳曳

白兰和如雪，一问一答

我们谈论

亘古的爱情有多远

雕像们庄严矗立，湖水一动不动

嘈杂的人群中找不到答案

多少人自以为了解变幻无穷的物与事

而公园上空，星星闪烁

我们甚至叫不出它们的名字。

呜咽

午后的风琴拉动

午后的山河

开始抽泣。

城市的天空喑哑

城市的汽笛

开始鸣响。

和四川雷电一起

我痛——

从胸腔里发出哀鸣

大地的身体

开始流血。

没有眼泪

可以解救悲伤

没有祈祷

可以换回记忆。

它有一场战事

踉踉跄跄

它还有一柄利剑

插在了人民心窝!

我不能、不能

只有三分钟

为了南方灰黑色的

庄稼和田野

为了麻木悲戚的脸

承担着永世的别离。

我久久哭泣

只求长风送去挽歌。

我陷入沉默

只求去天堂清扫瓦砾。

信和使者

它走了很远很远的路

从一个城市到达一个村庄

有时也从一个国家来到另一个国家。

它把战场的硝烟味儿、温存的话语

从一个人那儿

传递到另一个人那儿。

最后它躺下了——带着些许倦意

如同镇邮电所的老尚

骑自行车从一座山到一条河

拐着受伤的脚,跑过了多少泥泞土路……

如今他们一同长眠在青草下

在讲述着什么。

询问

……你甚至了解一首诗的确立。

每一个命运背后,藏着的狰狞鬼怪。

而我,不过是这烈焰烘烤中

侥幸存活的那一个。

女神,你为何偏偏选中了我?

一粒砂的飞行。你相信?

难道我真能沿着干涸的河床,找到永恒

——那秘密的涌泉?

那山坡不在斯卡布罗

"你要去斯卡布罗集市吗?

那遍布芫荽、鼠尾草、迷迭香和百里香的小山坡……"

她唱,悠扬又遥远。

我明知我去不了斯卡布罗集市

就像我那失去爱人的朋友

他明知那山坡不在斯卡布罗!

"她曾经是我的爱人,叫她为我做件麻布衣衫……"

她唱,一遍又一遍。

仿佛念起青春和爱情的魔咒

英格兰你那传说中的斯卡布罗啊

一把尖刀插在了我的喉咙!

忆

探出窗外的身体,迷迭香

风中簌簌地抖动。

透过她羞耻的脸——时间刻下疤痕

你看见了什么?

惊悸与绝望,节日烟花的盛况

和它喧嚣过后的死寂。

或许……

有时你会想起她。

黄昏微弱光亮中,温情溅起

恋爱的苦味儿。

就连起伏的太平洋,也无法盛装

这尊慈悲的菩萨。

那双黑眼睛

我心疼地盯着对面那双眼睛

那双明亮的黑眼睛。

它看到了果园、麦地、缓慢的河流

国道上越跑越小的汽车。

澄澈的黑眼睛啊

看到了温暖大地的一个侧面。

它没有注意我,青春越沉越深

也没有记住车窗外

那些闪过的、惊慌后退的瞬间。

唉,多么像我的从前——

从前我也这么粗心地看到:

果树开花、麦田泛青而河水闪亮

和它看到的一模一样

一模一样。

风暴

我爱过许多——

生命和风暴。

如果风暴也有痛苦

我就和风暴一样

都喜欢痛苦后的孤单

这是秋天的孤单

百叶落尽的安宁

它让我静静回味：

风中的果树

和行走着的里尔克。

忏 悔

我曾经错过了：一个陌生人

一场漫天大雪，和一座开花的果园。

我也不稀罕眼泪、朋友、金耳环

一切世俗的小事儿。

我固执地展开翅膀，飞越一道道山梁

又走了一程程路。

回首我乱麻一样的生活，

真不如这些我错过的，和我不稀罕的。

总会有一个人

总会有一个人的气息

在空气里传播,在晦暗的日子闪闪发亮

我惊讶这颗心还有力量——

能激动……还能呼吸……

和那越冬的麦子一起跨过严寒

飞奔到远方。

总会有一个人

手提马灯,穿过遗忘的街道

把不被允许的爱重新找回。

冷杉投下庄严的影子

灰椋鸟忧伤地在林中鸣叫

仿佛考验我们的耐心,一遍又一遍。

时间松开了手

跟风说起宿命。

给松柏弹奏一支离别曲

当我懂得了沉默——

大梦醒来,已是中年!

黄河淡成了长江.

恩怨淡成了江湖上美丽的传说。

时间松开了手……

一座坟墓在后山,盯着我。

记忆有时也断流

记忆有时也断流，就像溪水。

就像老人们谈论生死

轻描淡写，却漏掉最伟大的事件。

我当学徒时的工厂，早已夷为平地

我初恋的情人

今生再也不要见到他。

现在，我的生活只有奔跑和遗忘

在我散步的民心河上空

记忆跟随着鸟群飞远、飞远。

我紧闭着嘴，寂静又孤单

并且永远寂静又孤单。

深处

我记忆的深处，藏着晚霞

我梦想的深处，藏着鲜花

我幸福的深处，藏着微笑

我爱情的深处，藏着冤家

土地的深处，藏着谷粒和黎民

歌声的深处，藏着百合和金刚

痛苦啊！唯有你藏在我命的深处

最深最深。

岭南茶场

初冬的茶树,不开花。

雨中的茶园,却那么清新。

在悲伤、疲倦和沉思的时候

你来茶园走一走。

当你回想往事的时候

水已经烧开了。

就算没有蝴蝶和蜜蜂

这里的爱情也一定是美丽的。

不要急,人生是有一点点漫长

那就给每一棵茶树取一个名字吧。

大理

自然先于人类，人类只在未来生长

只在蜡染布中显露身影。

一个异乡人

只能浮光掠影地爱你：

你天空的蓝，令我心里发慌

让我想起超现实的蓝。

你洱海的月，照出了我的粗鄙

世上再也没有纯净——除了婴孩眼神。

我从河北带来那么多哀伤

被下关的风——吹散

当我把手放在你胸口

你在严冬创造出了奇妙的春天。

大理，我来到这里

就变成了这里。

想献上我的歌声，但突然间失语

——自从我有了秘密的抒情天赋。

时间松开了手

这儿是外省，这儿是他乡

陕西是我籍贯，青海是我故乡

而这儿该把它叫什么？

公园里有假山

大街上挂满了标语

缓行的云朵偶尔会遇到彩虹

有时，我独自在洋槐下发呆……

这儿是外省，这儿是他乡

这儿既没有世亲也找不到仇敌。

帝王的墓——阳光下的小土墩儿

空气颤抖——誓死要把异乡人的野性驯服

唉，假如非要我给它一个名称

这儿，是最终埋葬我的地方。

因为你

因为你，

早春的紫罗兰提前开了。

因为你，

我有了奇妙的青春之旅——那梦中的梦。

因为你，

我不得不吸进空气中的尘粒。

也因为你啊，

我还能够在罪恶的人世间边走边唱。

遥寄江南

妹妹，我不曾见过你的蜂箱

山高水远

路过的电影院，播放着欧美大片

这和北方是一样的。

江水流淌，它们诉说着几千年的别离

你诗中的石竹花独自开了

答应我，你不许在暮色中唱起哀歌

不许把红色的事物看成血。

答应我，我们要把美德在大地上传播

还要在这个世界再活一辈子。

妹妹，我们都没有读到过死亡诏书

我们想象不出天堂和人间

究竟有什么不一样。

怀着孤独的喜悦

想起某个人绽金的诺言,在多年以前。

长途车经过的乡村旅店。

几个朋友在梨树下渐渐走远。

记忆深处,居然开出一簇簇鲜花……

挖一个沙坑,我把"感恩"轻轻埋进去

把这些喜悦放进广大的孤独中。

灵魂相近的人啊,远在天涯

我多想、多想把喜悦也送给你一些。

夜 思

昏暗的街灯下

走过两个人，一高一矮

居民的楼梯口

飘来阵阵蚊香味儿。

苇草的心，只有长在野地里

死亡的面孔，隐蔽在空气之中。

闪烁星空啊，垂下一把弯刀——

不在人间。

告别

心中有一根很细很细的弦

它折断了。

从此你了无牵挂

走向离星光最近的地方……

就好比你洞悉了

他爱你的同时，也对别人信誓旦旦

神奇的动物世界啊

从来就没有伦理可言。

时间松开了手

生活

我痛恨过你,厌倦过你

我热爱过你,也给过你赞誉

——生活。

我歌唱过你　用青春的嘴唇

也蔑视过你,像蔑视一块粗布。

你是我苦难的源头

命的炼狱。

你是我爱情的碧空

梦的疆场。

你出没在大地的深处

处处留下印迹。

在僻静的农庄

你告诉我,种豌豆的老农

舍不得吃他的豌豆。

在沸腾的城市

你告诉我，市民们又救助了

一名失学女童。

你洞悉一切，又见证了一切

我们因此敬畏你。

"生——活"

苍茫中你渐渐显露——

当我伸出手来接受

你神秘的恩赐

并小心翼翼地读出你来。

洗礼

狭长的青园街

并肩走过几个省艺校的女孩儿

她们大声说笑，吃着零食。

她们身后，修草坪的工人

让浓烈的青草味儿

弥漫在青园街。

我注意到一张老人的脸：

战争留下的疤痕，和他不可遏止的老。

我也有过幽怨和隐秘

小小的。比起沉默的青园街

它们只是轻轻的叹息。

是的。当我抬头远望青园街

树叶们都开始舒展——

杨树早一点儿，而椿树

还得晚两天。

在你里面

在你里面

我看到了世人看不到的奇迹。

在北方高高的秋天,我居然看到了南方

金色的稻田。

我本是尘世的一粒沙子

你却把我从泥土中高举。

在你里面,我安静下来

再也不惧怕闪电、鬼魂、

生活对我的侮辱。

在你里面,我第一次看清了自己——

有点羞怯,有点矮小

像一个初生的婴孩。

哀伤

房间的书桌看得见，我在哀伤

马路上，成行的白杨记住了

我的哀伤。

风走得又轻又慢，它抬起眼睛问：

"你不快乐？"

是的，我的哀伤是——

我被世俗锁进了精神的牢笼

我的哀伤就是呵

对于庞大而莫测的世界

既不能低声倾诉，也不能放声高唱。

诗歌和我

从陡峭的斜坡向我迎面走来
你和我,相遇在一个尴尬的年代
我们拘泥又凄凉
像秋风和落叶拥抱在一起。

不要给我戴上桂冠,只有荆棘
才配得上我的歌声。
我对你,充满影子对光的敬意
又好比工匠对手艺的珍爱……

我试图说出更多:山河的美、宗教里的善
人心的距离和哀伤如何在体内滋生。
你撒种——我就长出稻子和稗子
我们不穿一个胞衣,但我们命中相连。

顺着风奔跑

如果有一天,我学会顺着风奔跑

不能去爱、去喊、去摇滚

不再去管那些难缠的艺术和哲学

达达主义和超现实……

如果我做了性情中人

开始去分辨阔叶松和针叶松

去领略一滴水中的海洋。

如果我放弃了对强悍命运的抵抗——

你们不要讥笑我。

说明我老了,用不了多久

白雪会堆积在胸前

说明我适应了世俗的生活

离幸福越来越近。

——如果是这样

恳请你们给我一个英雄的死法

海水摇荡啊,头颅在上!

回家

星空灿烂的今夜，我凭窗而立

白天的旅行使我疲惫

又小又静的家，却让我无限伤怀

我想起远处漆黑的山脉

和我一样

看着树木垂落，昆虫回家

想起世间万物，也有着微薄的理想

它们都在为家奔忙

家啊，命运的神谕

还有飘零的游子，他们

走过许多国家

在遥远的异域，他们也常说

我要回家。

到一个地方

到一个地方去,秋天深了

遥远的道路使楼群消隐

亲爱的姑娘们,我是这样热爱你们

轻轻的笑声带我来到开花的日子

有一刻,我已淡忘了

英勇的船只和书卷。

它们曾是我的至爱,跟随着我

走过西太平洋沿海的每个村庄

我到达的地方,秋天更深

骄傲的天才曾把火焰带来

就像你们,亲爱的姑娘们

把温暖带来。

向往

两只鸟,两只相爱的鸟

飞到了河北某地的农舍

它们没有姓名

胸脯里装满了谷物

走上青青的井台

恩爱的鸟,互相鼓励

然后默默无语

它们要过幽静的生活

没有谁知道鸟的想法

两只流浪的鸟

又孤独又幸福

我推想它们来自南边

它们的母亲

就住在瀛瀛的丽水旁

鸟的母亲

衰老且勇敢

它教它们远离故乡

来过自己的日子

怜爱的鸟！纯粹的鸟！

你们令我激动并且流泪

你们令我崇尚鸟的实体

还要沿袭鸟的精神

这是美丽的念头

我要告诉我那

热爱鸟的儿子

一点点

我有一点点现金

能享受柴米油盐的幸福。

有一点点志向,鼓励鸟儿

不要像人类这么恋家。

我有一点点爱情

沉睡在深海,没有人能将它复活。

还有一点点被赏赐的自由

灰暗的天空下,我该感谢谁?

一点点,一点点不多的青春

早已被时间重新排队。

一点点,我搭建起心灵灯塔

却被命运的挖掘机摧毁。

如今我只有一点点遗愿——

但愿没被开采的山坳,有一块青石

把我们俩的姓名镌刻。

时间松开了手

山脉牵引的村庄

我喜爱白杨分出的土路

不管泥土　玷污了大地的新衣

我喜爱山脉牵引的村庄

鸡鸭牛羊的景象,远离尘世的清幽

作为路人,我可能会爱上这一切:

空气、田野、星星又低又亮

陌生的乡村夜晚

可倘若我是村庄的儿子

我只能终生地痛楚——

它日益滋生的贫寒

和它百年千年的沉睡。

感谢你

这么多年后，当风霜雨雪

落满了我们肩头

我依然记得你的允诺——

做我的半个灵魂。

今夜，当你粗重的鼾声融入漆黑

我要在寂静中走一会儿

感谢你。让我在不该梦想的年龄

继续继续梦着

感谢你。让我在没有爱情的年头

认认真真地爱着

感谢你，原本是我内心的隐秘

却把连绵起伏的燕山惊醒

时间松开了手

第三辑

人间也有天堂

透过树叶

金色牧场，和它渐起的古调。

秋天里行走着孕妇。透过树叶

我们看到下一代儿童

一天天地成长。

透过树叶，我们还有新发现：

秋天的阳光公正无私——

它眷顾那些快乐、幸福，同时也照在了

另　张被沧桑扭曲的脸上。

自 然

城市——没有温度。

树木——披上了灰尘。

没有星空的胡同里　穿梭着

没有表情的人群。

岁月仿佛无动于衷

像一截凝固的冰川

——这就是我过够了的生活！

可是，当我走向哇玉香卡腹地

麻雀飞过头顶

那大片、大片的油菜花啊

让我战栗、昏迷……

我相信，领略过它神奇力量的人们

都会热爱它。

空气中叮当碰撞的

空气中叮当碰撞的

是我抓不住的声音

是汽笛在喊，CD 光盘

哼哼唧唧的诉说

也是晨风的尖叫,过往行人的

笑和骂。

在盛夏的早晨

它们碰疼了我——

白驹过隙,这么多年了

我在清晨的碰撞中

突然地想起你来

不,是你沉睡在我心里

那句小声地问候。

一次聚会

从昏暗的小酒馆,传来阵阵欢笑

紧接着　又跌入茫茫夜色。

他们的梦长在脸上

他们读诗,也学会了恋爱

手儿和手儿叠在一起。

我怀着微笑,久久凝视他们

把那些忘记的又想起。

我记住这些散落各地的名字——

风中的白兰和百合

谦虚地　把荣誉让给她们的兄弟。

他片刻沉默,你谈笑风生

而我把头转向窗外:

建设大街,空旷漆黑的街道

两三个人踏雪走过。

雷电之夜

夜里，我被一阵雷电惊醒。

它的第一声号叫

听上去像在怒斥什么人

它的第二次闪电

让世间一切都现了原形。

接着一次比一次短暂，一次比一次减弱

终于大雨愤怒地砸下。

我敢肯定，天庭之上存在着一位全能者

他正目睹着人世间每一桩揪心事。

由于敬畏我产生了恐惧

我再也无法入睡

读书，上网，听音乐，却再也法入睡。

时间松开了手

星

小小的家,就是你的家

睡在夜空的群星中

两个男人,一大一小

他们爱我

也爱群星中睡着的那颗

小小的家,让我停下脚步

歇息。

也叫你巨大的梦想

消融。

沉入寂静

我想一个人坐在山坡上

慢慢地想一些事情。

草木安静、微风一阵一阵

叶片下的光斑让我着迷……

死去的亲友,重逢的情人

城管和商贩。

没完没了的电话、邮件

这些世俗生活的内容

什么时候才能被时间消耗干净?

有时我感到力不从心。想慢慢地变成

缥缈的云或深沉的树干

看透了世情而又一言不发。

我想和寂静一起沉入

大海咆哮——显然,它还没有同意。

福祉

冬天的时候,我家的窗户

被阳光穿透

冬天的温暖,洒满桌上的书籍

我爱这简朴的一切

仿佛童话里的细节

我爱琐碎和无奈的家事

让我在苍茫的飞翔中

时高时低

告诉你,我把青春和落魄

都带进了这片福祉

把大风吹散的命

领到这里安居

星海湖一幕

阳光在水面上跳跃,不知名的水鸟追逐着游船

它们大声唱着不知曲名的歌。

我了解你,沙水相依的星海湖

你的前世和今生。

浮在水面的野鸭,一家三口相亲相爱

蒲草丛中探头探脑的小黑鹤

芦根和水草手拉着手

湖面安静,像一个自然界的盛大团契。

在疏朗、清冽的天空下

人活着,实在不如你们幸福。

时间松开了手

我去过的云南

我去过的云南,不是曲靖、楚雄、昭通

我没有遇到诗人雷平阳写的

挑着木桶的卖水人。

那个用血磨刀的人。

我只看到了洱海和翠湖

我只听到过怒江和澜沧江

滚滚不息的传说。

我的脚步无法到达

云南深处偏远的城镇和村落

我的经验无法触摸从未拥有的事物

它们的干渴,和它们的煎熬!

一条鱼穿透干裂的红土

一群人跪在山崖上祈雨

大地,尽显出倦意……

我迷上了这苦味

请递给我一把刀。让我试试

进入生活的岩浆层。

让我学习

剔出它的黑和苦。多余的沙土

它的虚无和妄想。

让我把黑慢慢碾碎，撒进亚麻地里

把苦一丝丝地抽出

吸进我的血液和骨髓

沉醉……迷幻……说不清的滋味

我迷上了这苦味儿——黄连的苦！催命的苦！

过南排镇

我来到了你的家乡，朋友

认识了红荆和黄菜

也看见了缓慢耸起的乡镇。

可你远在省城闯荡

像风中的草籽儿

心怀大志，寻找一片开花的土壤。

今天我们刚出南排镇

遇上出殡的队伍。

空旷的田野，唢呐声声

连路人也止不住悲伤……

但是朋友，你的母亲很好

她在院子里晒枣

安详的眼神越过了

秋天草尖。

多少人、多少事、多少张脸……

在今天。在南排镇。

时间松开了手

人间也有天堂

它不做广告，也没有宣传

但是我们大家都爱它

抬头是高高的银杏树，低头是

开白花的三叶草

前方是远山，身后有青青的麦苗

水渠边的女孩在投石子儿……

那些麻雀、蜜蜂和薰衣草

组成了大自然劲爆的歌舞团

连维稳干部也停下匆匆脚步

用手机频频拍照

我确信。人间也有个天堂

但不属于人类。

颂诗:敞开一首诗篇

敞开一首诗篇,春天穷尽的时刻

敞开一首细小而坚硬的诗篇

我因春天的穷尽而歌唱

短促又光辉的爱情

遥想春天的来临,诗歌的力量

激励着我们

相爱,从事人类的各项劳作

敬重土地,保护妇女

笔行进在高贵的诗句中间

敞开一首诗篇,爱情穷尽的时刻

我在歌颂遥想的春天

桃花开得娟秀

敞开这首细小而坚硬的诗篇

我在默默无言

颂诗：生命

我需要和平易的种子在一起

去统帅春天的花香

我需要和崇高的人群在一起

去创造人世间的上帝

我需要漫漫地等待，无花无果

我需要英雄的年代

卷土重来！

我需要长枪，那红缨猎猎的火焰！

我需要利剑，黑暗中急促放射的光芒！

我需要爱情！那灵魂中无敌的杀手

我需要生命！那宇宙间永恒的肉体。

颂诗:在雪中

雪中想我的人

使我到达了冬天

命运的双手　引导我

跨上漂泊的马背!

我的爱人

他在雪中等着我!

平凡的往事越过草地

我的爱人

他还在雪中等着我!

孩子啊! 当你离别了爱情

该怎样报答这痛苦的光辉?

颂诗:两个人

春天的早晨　这容易破碎的部分

阳光等在窗下

你像是低着头的花枝　招呼我

靠近爱情的边缘

这样美好的天空

只有两个人奢侈

我们比谁都幸福

而在更远更远的区域

我们与树叶彼此相向

闲居在家　看青青山岗

一些人在闪光的大海中歌唱

另一些人

与我们遥相呼应

颂诗:死亡

如果我像黄昏的灯盏

跳动、黯然、最后缓缓地熄灭

或者有一天,我被爱情伤害

辉煌的往昔流逝于一个瞬间

请别走开,我亲爱的

我看见梦中的海和梦中的死亡

海水摇动的夜晚

我看见梦中的姑娘正在死亡

亲爱的,握住我冰凉的小手

别再松开

颂诗:爱的星空

告别家园的苹果树　使我们

步步走远

春天的雨水眷恋着我们

它们嘤嘤如泣

像珍爱我的那人

是什么使我远离了母亲

星空闪耀的时刻

白马在月光下流泪

是什么使它远离了群体

告诉我

谁是那光上的光!

谁是那火上的火!

颂诗:昙花的梦

我们好陌生　隔着黑夜

隔着那久远的温暖

如两盏灯　黯然而又伤神

追忆那早年的三月

是谁照亮我衰落的青春

那惊心的一瞥,我全部的生命!

而此刻,为何你如微风抽身而去

面对着我,好似落花和流水

无奈地隔绝了欢乐

美丽的昙花,你们短促的美

让我陷入窘境,爱情呀

你距离死亡是最远还是最近?

颂诗:酒香一路

在春天　酒香不断地弥漫

一路酒香

领我们走过祥和的年景

我亲爱的人儿

就居住在安睡的谣曲中间

桑葚树下

他像古书中的名人

酒香盈袖　盼望丰收

哦,酒香一路覆盖了村庄

安睡的谣曲与我们日夜相伴

犹如那些明亮的小孩

与蝶花紧紧相跟

停下来吧　我亲爱的人

这样美丽的年景

收割在望　杏花落满心上

颂诗：朋友们

想一想吧　爱人

假设在一个温柔的黄昏

朋友们大步大步走来

他们穿过起伏的城市和人流

带着鲜花和鞋上的泥巴

踏进我们小小的家

当我们与他们再次相逢

眼睛望着眼睛

一起唱歌　快乐地流泪

我们的家里灯火通明

朋友们交杯换盏　大声说话

他们夸我们是有福的一对

是一切爱情的楷模

想一想吧　爱人

面对这些善良而贫穷的凡人

我们的内心　该怎样

承受这无言的感激

起风的时刻,灯盏熄灭的时刻

我们的朋友要远走东西

他们继续奔波在沧桑的路上

带着我们家的酒香

奔波在沧桑的路上

想到这里　我的爱人

想到有这些可爱的朋友

我们有什么理由不去

珍惜生命中的一寸寸

好时光

颂诗：回答

我们走过敬爱的时光

银子般的光亮,洒满内心

我们走进痛苦的八月

心怀幻想,反复地歌唱

如果失去你

清白的大地上,只存有片断回忆

如果没有你

我将怎样把爱情进行到底?

回答我! 幻灭的人儿

我将怎样把爱情进行到底? !

颂诗：断章

有一天，我会为爱情流浪

美丽的颂诗

将流传着悲凉的断章

我会在月光下怀旧，伤感地哭泣

就像雪地上痛苦的花朵

在大风中不住地祈祷

那时候，我要走上大路

牵着马驹，渐渐消失在落日中

作为爱情的英雄

我要走遍世上所有的角落

在人群中

找到我的爱情

写给庄儿

孩子，你的微笑

把我带回早年的春天

你的哭泣

叫我联想到一生的艰难

孩子，常常在静夜

我凝视你面部的光辉

仿佛时光倒流，带给我

年轻和圣洁的笑容

而我知道，我的庄儿

你正在让我青春早逝

让我的诗篇失去华彩

然而孩子啊，也正是你

教妈妈懂得了

爱与丧失是同样的可贵

妈妈能给予你纯洁的

身体和灵魂

却无法教会你识别

阴谋和鲜花

我的孩子,在这个世界上

美丽与丑恶并行

记住妈妈的话:

要爱,不要仇恨

庄儿,我的好孩子

每每想到你那稚嫩的双脚

就要涉足这沧桑的人世

我总是

在初夏的风中,止不住

伤感地落泪

下雨

下雨了，许多人在跑

哗哗地下雨了

小小的婴儿在睡觉

下雨了，我被截在了从前：

晴蓝的天空下面

三两个朋友走着

今天一场大雨

叫我饱尝了忧郁

由少女变成了母亲

雨水中，多少人像我一样

向往着晴空

我这样想着

一边期待，一边消逝

第四辑

如果我路过春天

我做梦，在时代的河床上

我做梦，在时代的河床上

全然不知骇人听闻的血腥事件

是的，谁在乎。

悲伤的人在祈祷，他燃起三支蓝色香烛

只有鸟群穿过生活城区

有谁会在乎。

你为什么走向旷野，去聆听星月的低语

古老的问题如经卷中的轮回

谁在乎。

刽子手继续在街头散步，颐养天年

他有没有丝毫惶惑和不安？

谁在乎。

还有诗人们避开现实,转身去赞美山水

——当然,这也没有错

谁在乎。

成长

求你不要那么急迫

你的言语都用铁笔镌刻,用铅灌在磐石上

求你不要这样要求:

今天种在我心里的种子

明天就会开花。

我已经在用心领受你的真谛

至少明白了这样的道理——

对于一个已经够倒霉的人

我们不能再向他身上投石块。

如果我路过春天

如果我路过春天

我会爱上十八度的恒温、漫天柳絮

我要轻轻拂去

小花小草身上的尘土。

我还会弹琴

给路过春天的人群听

再见人们。我会守候在下一个路口

为你们献水。

爱春天，甚至还爱上她的缺陷——

化工厂的黑烟囱，和

小小贪官的酒气。

路过春天时，我抬头看到了

田野的犁铧

飞鸟翅膀上的沙子。

我庆祝新发现的一切

没有人注意我内心的阳光

我只是爱着、战栗着

而说不出一句话来。

时间
松
开了手

Shijian Kaikou

夜宿三坡镇

我睡得那么沉,在深草遮掩的乡村旅店

仿佛昏死了半个世纪。

只有偶尔的火车声

朝着百里峡方向渐渐消失。

凌晨四点,公鸡开始打鸣

星星推窗而入——

我睡得还是那么深啊

我的苍老梦见了我的年轻……

野草湾

暮色来得多快　转眼间

看不清家的方向

蒿草盲目地跟在

荜草后边

白天的神龛

只剩下　漆黑一片

点灯　闩门

换衣的妇女

她需要稍稍侧过身去

我见过正午的　野草湾

它喝天上雨露

被远方的汽车

无限缩小

野草湾　信任菩萨

是个苦命的

村庄　它从不说话

只在狂风刮过地面后

挣扎了一下

消隐

一枝花褪尽她的红色

一群白鸟，匆忙地

掠过电视塔顶端

霞光闪闪，将在天际消失

穿布衣的僧人，正走在

通往青山的小径。

你曾经居住在尘世

如今消隐在黄菊根下

多少年了，我那预言的嘴

不敢发出自己的声音。

秋令

话,越来越少

诗,越写越短

今年秋天,我打算去香山

把记忆染红。

我注定要遇到一个仙女

她告诉我说:

爱情在火星上

眼泪在地球上。

我可不愿跟她去火星

去找那不朽的爱情

我只想慢慢走下山坡

踩一踩满地的落叶。

下槐镇的一天

平山县下槐镇,西去石家庄

二百华里。

它回旋的土路

承载过多少年代、多少车马。

今天,朝远望去:

下槐镇干渴的麦地,黄了。

我看见一位农妇弯腰提水

她破旧的蓝布衣衫

加剧了下槐镇的重量和贫寒。

这一天,我还走近一位垂暮的老人

他平静的笑意和指向天边的手

使我深信

钢铁的时间,也无法撬开他的嘴

使他吐露出下槐镇

深远、巨大的秘密。

下午六点,拱桥下安静的湖洼

下槐镇黛色的山势

相继消失在天际。

呵,过客将永远是过客

这一天,我只能带回零星的记忆

平山下槐镇,坐落在湖泊与矮山之间

对于它

我们真的是一无所知。

美学定义

我看到玫瑰

淡淡香气中飘散出的忧伤

像血,从骨头向外涌。

我听到歌声

红色音符里传来阵阵痉挛

像毒药,迷上了这城市。

有时我们难以确认美的含义

事件总是抢先发生,在我们定义之前。

118

我惧怕

我惧怕

活得过于长久

嘴里发出含糊不清的声音

岁月耗干了泪水里的盐。

我惧怕

暴雨敲打着窗棂

灵魂脱去它的黑衫

无边的孤独覆盖了我们。

我惧怕

把头伏在你的怀抱

可是爱情已经死去！

大河两岸一片白茫茫。

我惧怕啊

世上多变的瞬间

神的右手，合上电闸

把白昼变为漫漫长夜。

去阿班那图

让我想一想,阿班那图,该如何向世人来描述你。

——题记

你有洗眼睛的泉水,你有治心病的草药

你的庄稼我叫不上名字

你的树枝全是粉红色。

你的城市左边有美,右边有爱

孩子们佩戴着香囊

大人们个个都是善心菩萨。

你的大殿里摆满了橄榄枝

阿班那图啊,没有监狱,也没有污染。

年轻人,倘若你要去阿班那图

不用坐火车,更不能乘飞机

你得在路上走好多年

当你看到阿班那图塔尖,已是头发花白。

不要抱怨你沿途见识的事情

贫穷、富庶,或者战争、疾病、科学……

你会拥有一个饱满的人生

那就是阿班那图所赐予。

看来今生我去不了阿班那图

我生活的东方国家,距离太遥远!

好心的陌生人啊,且停一停脚步

请把我的诗稿和骨灰捎到阿班那图

让我在异乡人的祭台上

重新获得死后的尊严。

好心的过路人,为此我愿向你鞠躬

世世代代。

阿班那图啊,阿班那图

——不存在的乌有之乡。

村庄

我没有去过村庄

真正的老家,陕西的老家

五谷杂粮和民俗的村庄

我无法理解

开春那些青青的草苗

变成秋后闪亮的麦稻!

我的爷爷

生前劳动　死后安详

而今面临田野和农民

我满怀敬畏

村子远比我想象的真切

表妹也比我想象的美丽

也许　我该来这里居住

看看庄稼如何生长

我的乡亲

都有健康和质朴的心灵

像土地一样可靠

他们料理农事　哺育后代

这是我祖上的荣光

我爱这个辽远的村子

民歌中描述的那样

它是我真正的老家

清风席卷麦香

祥和的鸟鸣穿透夕阳

悼念海子

河流　我要涉你而过

去探望一个朋友

他的脸儿红红的

他的头骨

却被戴在了肮脏的书杀人的书上

他的诗句指引着我

穿过冬天那只又暖又旺的大火炉

他的栎树

由此快速地衰落　体面的女士

请告诉我

那些叶子飘落的声音

河流　你碎碎的水波

让我涉你而过

我要去埋藏一位朋友

他生前的爱情暴露在外面

他寻求结局　从而产生了

绝对的对立：

破碎的天空以及金光的天空

太阳穿透海水

告诉我　美丽的女士

他死于肮脏的书和杀人的书。

河流　我要涉你而过

用一种方式纪念一种死亡

用一个梦想结束另一个梦想

河流！我要到对岸去

或者任何一个

不可知的地方

我是梦想的遗孀

序诗

我总觉得

冥冥中有一个人

在庇护我、关注我

并能说出我的一切。

我叫他有眼的神。

欣喜与苦楚

他无处不在

和我又亲近又疏离

当我在奔腾的山涧旁梳头

他喊出：欢乐。

榕树下，当我默默流泪

他化作了一声叹息

我的欣喜和苦楚

有眼的神，你懂得。

短暂

我深知尘世中有怨有恨

雨雪交加

四季才更加分明

可是我的爱，迷惘又短暂

仅仅存在于

我弯腰掬水的瞬间

短暂即是永恒——

有眼的神，你告诉我

回不去的

今天走进美容院,看见了

一张和无数张

沧桑的脸

她们走上返回青春的路。

有眼的神啊

我也常这么想,返回

我的初恋和故里

睡梦中那声惊心的呼唤。

两半灵魂

命运把我的灵魂劈开

一半在庸碌的生活中

苦苦挣扎

另一半,它展开双翅高飞

向着广阔无限。

我向你发誓,把洗菜的手

放在写诗的手上。

我情愿同时承担:

普通人的俗事

和天才的命运。

　　遇

巨大的广告牌下,我带着

迟疑又疲惫的双脚

路过了漫漫岁月。

大地茫茫　　我只祈求

有谁与我长久地对视

我有广袤的心田，原本

用来栽花种草

今天它已经荒芜一片

有眼的神，你说过

好人与好人总会相遇

感谢

我慢慢地走在人群中

怀着诗歌的身孕。

鸟儿在头上啾啼

轻风掀动着我的衣袖

我大口大口地呼吸，想唱歌

更想哭泣

时间松开了手

为了答谢这世界的善意

我深深地屈膝——

有眼的神啊

只有你能辨认出来

怀孕的女人不是我,她是

你小窗前的一枝黄菊

也是他久久含着的泪滴

悼亡诗

西宁的鲜花簇簇　只有他

在这里永远长睡

我记得他好看的笑容

比天上的星辰灿烂

他眼含着眷恋,他的手

却一点点地松开……

有眼的神　　我不能

告诉你他的姓名

他是我悲伤诞生的记忆

人们忌讳的两个字

问

我常常思忖,在今天

有谁还在心疼农民和粮食

有谁肯把手中的灯

赠送给穷人

有谁安静地聆听

晚风翻动着厚重的书页

有谁谈笑风生,并不惧怕

死亡和黑暗一起来临

有眼的神

请指给我——

　　渴望的……

我渴望在虚浮的年代

洗净铅华

渴望和大海那样壮阔,远离

人世间的恩恩怨怨

更渴望变成小路边的

一棵兰草

谦逊而淳朴地开花

有眼的神,你懂得我

替我说出对世界的怀疑

和深深厌倦

保佑你

干了这杯酒吧　我的兄弟

曙光正渐渐退去

四海沧茫,只有你的烈焰

我不敢收藏

这一杯也是最后一杯

让我举过头顶:保佑你

跟随着群鸟

赶赴回家的路

我是梦想的遗孀

我听到树叶轻轻歌唱

麻雀在草地上阔步

可爱的女邻居　提回了

新鲜蔬菜

我爱人类和谐的美景

忍不住泪水涟涟

有眼的神　请不要

责怪我深重的罪孽

从今往后,我轻盈而无痕

我是梦想的遗孀——